I0634771

Collection MONSIEUR

MONSIEUR MADAME
MONSIEUR MADAME

Monsieur
COSTAUD

Roger Hargreaves

hachette
JEUNESSE

Monsieur Costaud était l'homme le plus fort du monde.

Jamais il n'y en eut de plus fort au monde.
et il n'y en aura sans doute jamais d'autre.

Il était si fort
qu'il pouvait tordre une barre de fer,
et même faire des nœuds avec !

Monsieur Costaud était si fort
qu'il pouvait lancer un boulet de canon
aussi loin et aussi facilement que tu lances
une balle de tennis !

Monsieur Costaud était si fort que, d'un seul doigt,
il pouvait enfoncer un clou dans un mur.

Ah, ce monsieur Costaud, il était vraiment costaud.

Aimerais-tu connaître le secret de monsieur Costaud ?

Eh bien, c'était les œufs !

Plus il en mangeait, plus il devenait fort.
Plus fort. Encore plus fort. Toujours plus fort.

Et maintenant, voici l'histoire qui arriva
à monsieur Costaud.

Ce matin-là, comme d'habitude, il déjeuna.

Bien sûr, pour son petit-déjeuner, il prenait d'abord
des œufs !

Suivis par des œufs.
Et pour finir, il mangeait, devine quoi ?

Bravo ! Des œufs !

Après son petit-déjeuner d'œufs,
monsieur Costaud se lava les dents.

Et comme d'habitude, il écrasa le tube
et fit sortir tout le dentifrice.

Et comme d'habitude, il se brossa les dents si fort
qu'il cassa la brosse.

Monsieur Costaud gaspillait beaucoup
de brosses à dents et de dentifrice !

Ensuite, il décida d'aller se promener.

Il mit son chapeau et ouvrit la porte de sa maison.

– Quelle belle journée ! se dit-il.
Il sortit et ferma la porte.

VLAN !

Elle tomba par terre.

Monsieur Costaud gaspillait aussi beaucoup de portes !

Monsieur Costaud partit donc en promenade.

Il marcha dans la forêt sans regarder devant lui !
Soudain, il heurta de plein fouet un arbre énorme.

CRAC !

L'énorme tronc d'arbre s'écrasa sur le sol
dans un bruit de tonnerre.

– Oh ! là ! là ! fit monsieur Costaud.

Puis il alla en ville.

Toujours aussi distrait, il heurta de plein fouet
un autobus.

Si une telle chose t'arrivait,
tu te blesserais gravement.

Tu es bien d'accord, n'est-ce pas ?

Eh bien, monsieur Costaud

n'eut pas la moindre égratignure.

Mais l'autobus s'arrêta tout cabossé.

– Oh ! là ! là ! fit monsieur Costaud.

Monsieur Costaud traversa la ville et se retrouva
à la campagne, non loin d'une ferme.

Sur le chemin, il rencontra le fermier, tout affolé.

– Que se passe-t-il ? lui demanda monsieur Costaud.

– Mon champ de blé est en train de brûler,
répondit le fermier. Et je n'arrive pas à éteindre le feu !

– De l'eau, dit monsieur Costaud, il faut de l'eau,
beaucoup d'eau.

– La rivière est trop loin, et je n'ai pas de pompe,
gémit le pauvre fermier.

– Alors trouvons quelque chose pour transporter l'eau,
dit monsieur Costaud.

Cette grange est à vous ? demanda monsieur Costaud.

– Oui, j'allais y mettre mon blé, répondit le fermier.

– Est ce que je peux m'en servir ? ajouta monsieur Costaud.

– Oui, mais… bredouilla le fermier très étonné.

Monsieur Costaud se dirigea vers la grange.

Et sais-tu ce qu'il y fit ?

Il la souleva. Il la souleva, sans le moindre effort.

Le fermier n'en crut pas ses yeux !

Monsieur Costaud emporta la grange sur sa tête
jusqu'à la rivière.

Puis il la remplit d'eau à ras bord
et la porta jusqu'au champ de blé en feu.

Monsieur Costaud renversa la grange
et vida toute l'eau sur les flammes.

Glouglou, glouglou ! Pschitt, pschitt !

Une minute plus tard, le feu était éteint.

– Comment vous remercier ? s'exclama le fermier.

– Oh, il n'y a vraiment pas de quoi,
fit modestement monsieur Costaud.

– Mais je tiens absolument à vous récompenser,
répondit le fermier.

– Eh bien, dit monsieur Costaud, vous êtes fermier,
vous devez donc avoir des poules.

– Oh oui, des douzaines, dit le fermier.

– Les poules pondent des œufs,
continua monsieur Costaud, et j'adore les œufs !

– Alors prenez tous les œufs que vous pourrez porter,
répondit le fermier.

Et il conduisit monsieur Costaud dans la basse-cour.

Monsieur Costaud dit au revoir au fermier,
le remercia pour les œufs
et le fermier le remercia pour son aide.

Monsieur Costaud remplit son panier d'œufs,
puis d'un seul doigt, le souleva et rentra chez lui.

Monsieur Costaud posa délicatement les œufs
sur sa table et alla fermer la porte de la cuisine.

PATATRAS ! La porte tomba par terre !

– Oh ! là ! là ! fit monsieur Costaud. Et il s'assit.

CRAC ! La chaise se brisa en mille morceaux.

– Oh ! là ! là ! fit monsieur Costaud.
Et il prépara son déjeuner.

À midi, il commençait toujours par des œufs.
Suivis d'un œuf ou deux. Et ensuite ? Encore des œufs.

Et comme dessert, il prenait…

Tu as deviné ? Dans ce cas, inutile de tourner la page.
Comme dessert, il prenait…

Une glace !

HA, HA, HA !

LA COLLECTION MADAME C'EST AUSSI 42 PERSONNAGES

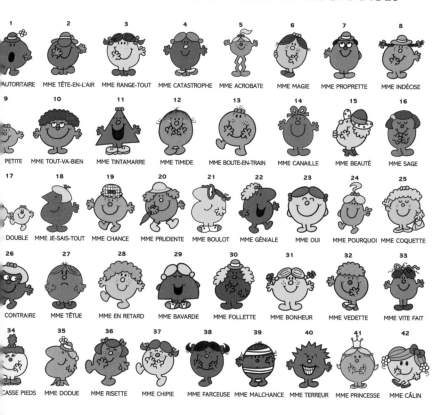

1 AUTORITAIRE
2 MME TÊTE-EN-L'AIR
3 MME RANGE-TOUT
4 MME CATASTROPHE
5 MME ACROBATE
6 MME MAGIE
7 MME PROPRETTE
8 MME INDÉCISE

9 PETITE
10 MME TOUT-VA-BIEN
11 MME TINTAMARRE
12 MME TIMIDE
13 MME BOUTE-EN-TRAIN
14 MME CANAILLE
15 MME BEAUTÉ
16 MME SAGE

17 DOUBLE
18 MME JE-SAIS-TOUT
19 MME CHANCE
20 MME PRUDENTE
21 MME BOULOT
22 MME GÉNIALE
23 MME OUI
24 MME POURQUOI
25 MME COQUETTE

26 CONTRAIRE
27 MME TÊTUE
28 MME EN RETARD
29 MME BAVARDE
30 MME FOLLETTE
31 MME BONHEUR
32 MME VEDETTE
33 MME VITE FAIT

34 CASSE PIEDS
35 MME DODUE
36 MME RISETTE
37 MME CHIPIE
38 MME FARCEUSE
39 MME MALCHANCE
40 MME TERREUR
41 MME PRINCESSE
42 MME CÂLIN

Traduction : Agnès Bonopéra
Révision : Evelyne Lallemand
Édité par Hachette Livre - 43 quai de Grenelle 75905 Paris Cedex 15
Dépôt légal : février 2004
Loi n° 49-456 du 16 juillet 1949, sur les publications destinées à la jeunesse.
Imprimé par IME (Baume-les-Dames), en France